閱讀123

狐狸金杯

文 謝武彰 圖 蔡其典

山東歷城有一座大宅院，主人曾經是很有名望的人。

這座大宅院，亭臺連著樓閣，樓閣又連著亭臺。樓閣和亭臺間，是精緻的小花圃。

它的佔地有好幾十畝，是當地非常有名的豪宅。

後來，這大戶人家漸漸沒落了，空蕩蕩的大宅院裡，半個人影也沒有。

日子久了，大宅院裡漸漸長滿雜草，看起來非常陰森，就連大白天也沒有人敢進去。

後來，城裡開始流傳大宅院裡常常出現怪事，大家聽了更是避得遠遠的。

大宅院裡的雜草愈長愈高，氣氛也愈來愈陰森了。

終於，大宅院在繪聲繪影中漸漸破敗了，然而卻意外增添了它的吸引力。

於是，

一傳十、十傳百……

這座大宅院，

就成了歷城的傳奇。

歷城裡有個讀書人叫做殷士儋。殷士儋很有膽識，日子雖然過得很辛苦，但是他用功讀書，希望以後能有光明的前途。

有一天，殷士儋和幾個讀書人一起吃飯、談天。

這時候，有人開玩笑說：

「如果有誰敢到大宅院裡住上一晚，大家就各出一點錢，擺一桌上好的酒席請他，大家覺得怎麼樣？」

在座的書生們聽了，全都鼓掌叫好。但是，鼓掌歸鼓掌，大家只是你看看我、我看看你，沒有人說自己敢去。

這時候，殷士儋忽然站起來，說：

「這有什麼好怕的？我就敢去！」

終於有人說自己敢去，大家聽了，全都鬆了一口氣。

至少，很多人是沒有這個勇氣的。

這一天黃昏，殷士儋帶了棉被和蓆子，就要到大宅院裡過夜。

幾位書生送他到大宅院門口，有人還戲弄他說：

「我們會在這裡等你一陣子，如果你看到了什麼怪物，要大家來救你，就趕快大聲喊救命，千萬別不好意思啊！」

殷士儋聽了，笑著說：

「如果我看到鬼怪或狐狸精，一定會把牠們抓起來當作證物。說真的，我好想吃大家的酒席呢！」

幾位書生聽了，全身都起雞皮疙瘩。想不到殷士儋的膽子，竟然這麼大！

殷士儋話一說完，轉身大步走進了大宅院。

他抬頭挺胸、鼓起勇氣，沿著宅院的小徑向前走。

他看到整條小徑，都被小草和藤蔓掩蓋住了。整個院子裡長滿了高高低低的雜草。草叢裡傳來小蟲的叫聲，氣氛比傳說中的還要陰森、還要可怕。

殷士儋瞪大眼睛，摸黑向前走……

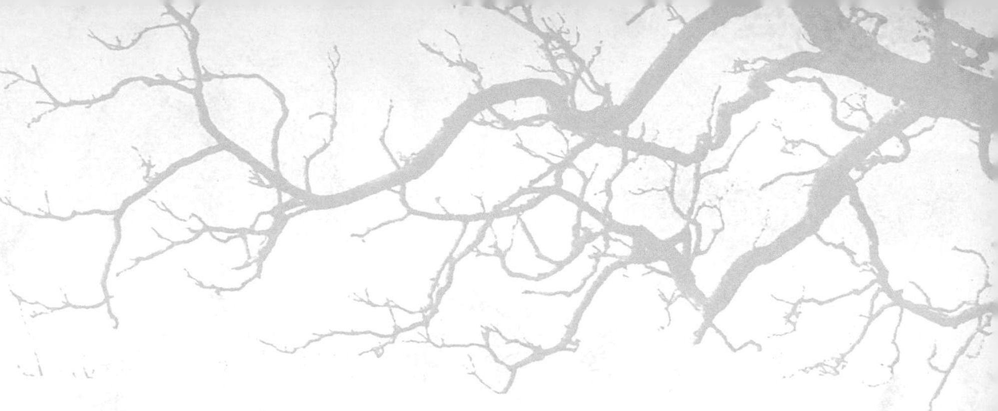

彎彎的上弦月，掛在天空中；淡淡的月光，照在院子裡。

藉著月光，大宅院裡的亭臺和樓閣，漸漸看得清楚了。

這真是一座華麗而宏偉的宅院啊！

殷士儋摸索著牆壁慢慢向前走，小心的踏著每一步。

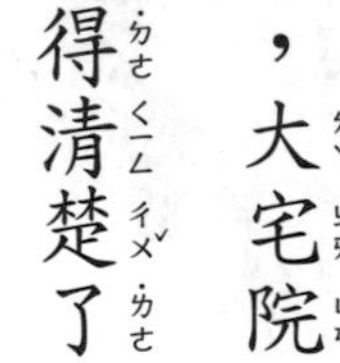

殷士儋小心的通過了第一進房子（註），摸索著牆壁繼續向前走。

殷士儋小心的踏著每一步，通過了宅院的第二進房子，殷士儋摸索著繼續向前走。

真不愧是大戶人家的宅院，前面不知道還有多深呢！

【註】：中式建築物，由正房、廂房和庭院組合為一套，稱為「一進」。台灣鄉鎮中仍保有這類的房舍。

在這黑漆漆的大宅院裡，殷士儋一點也不害怕。他摸索著繼續向前走，經過了好幾進房子，終於來到大宅院最裡面的一棟樓房。

殷士儋仔細一看，前面不遠的地方，有一堵高高的圍牆，那就是大宅院的盡頭了。

殷士儋摸索著，爬上了樓房的最頂層。

他看到一間華麗的大堂，大堂外有一個賞月臺。賞月臺上絲毫沒有陰森的感覺。站在這裡，既可以眺望遠方，也可以觀賞宅院裡的景色。

於是，殷士儋決定晚上就在賞月臺上過夜。

他放下了緊張的心情，欣賞起月色來。

只見那上弦月，像一把亮晶晶的小彎刀，浮在遠方的山頭上。淡淡的月光，更加皎潔、更加明亮了。

殷士儋在賞月臺上坐了很久很久，大宅院裡很平靜，並沒有什麼怪事發生，也沒有什麼怪物突然跳出來，把人嚇一跳。

他暗暗笑著，有關這大宅院的傳說，怎麼會那麼誇張呢？

殷士儋終於放下心來，靜靜欣賞月色。一個人在這高樓上，擁有整座大宅院的寧靜，多麼難得啊！殷士儋想，也許朋友們正在大宅院外面，為自己擔心著呢！

後來，殷士儋有點累了，他把帶來的蓆子鋪在地上，並且找了一塊石頭當枕頭，躺下來靜靜的望著滿天的星星。

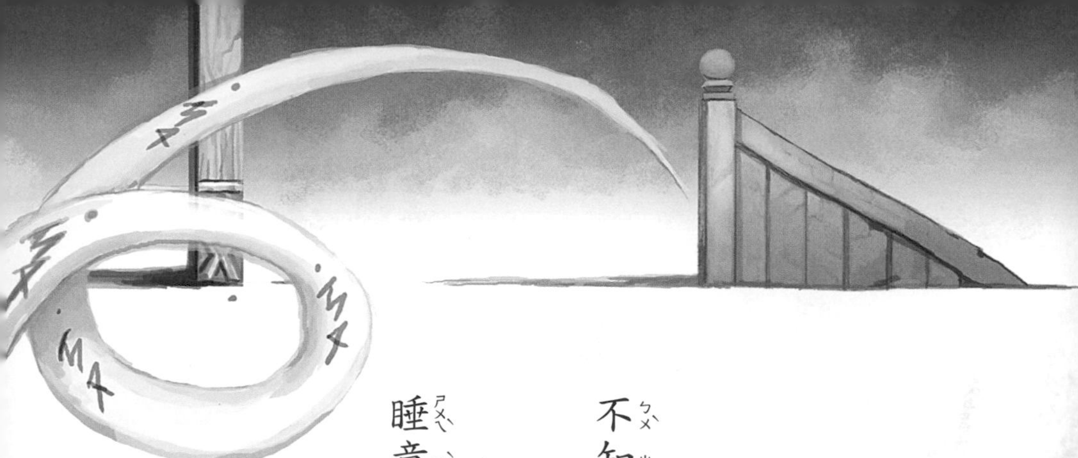

殷士儋看著月色、看著星星，
不知不覺中，一更就快過了。
他打了一個呵欠，
睡意也漸漸濃了……

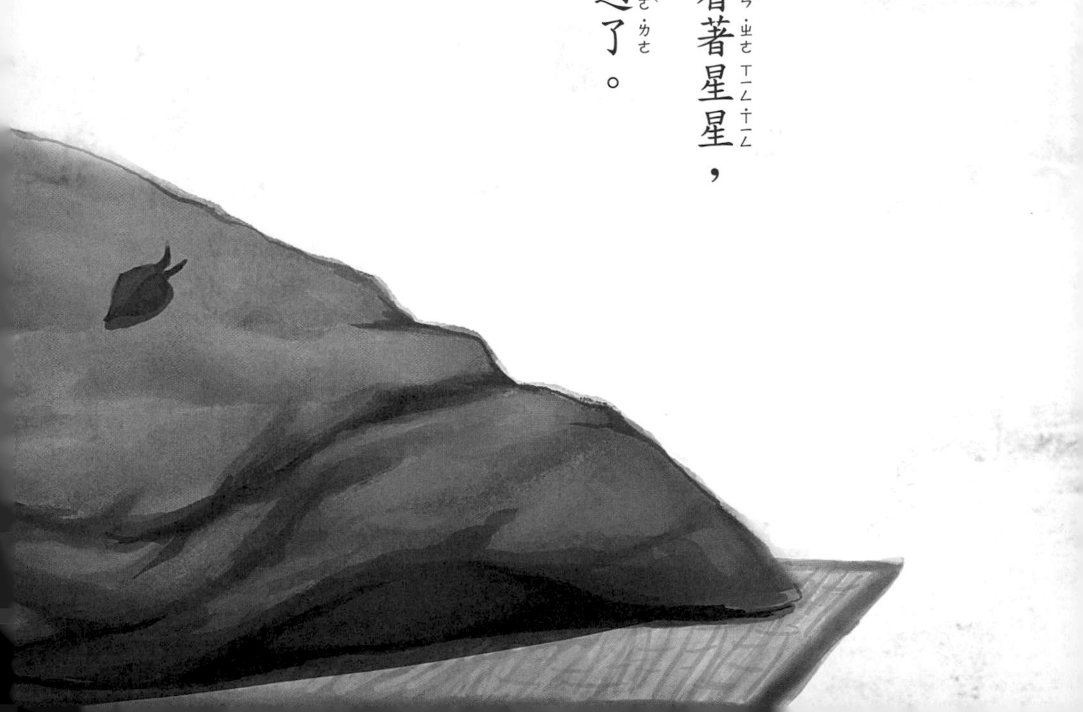

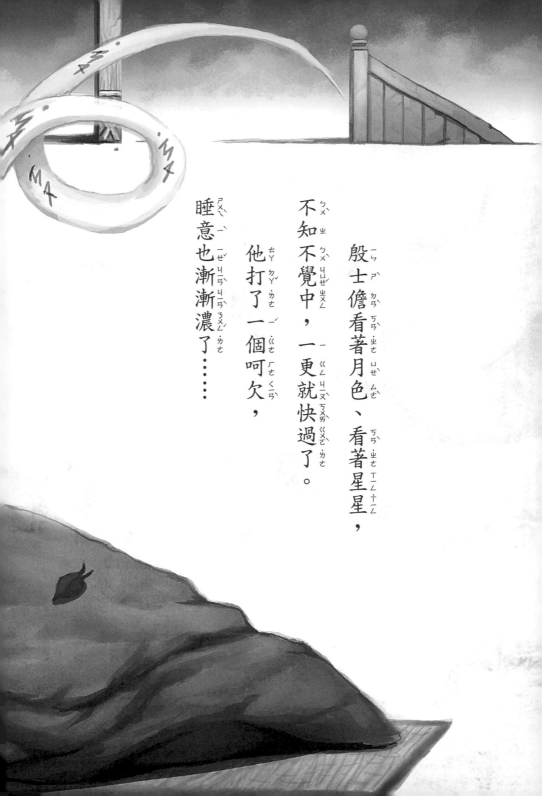

就在殷士儋快睡著的時候，忽然——

樓下傳來了腳步聲……

這麼晚了，是誰還不睡覺啊？

這大宅院裡，不是只有我一個人嗎？哪來的腳步聲呢？

這大宅院裡，不是沒有人住嗎？哪來的腳步聲呢？殷士儋一想，全身的寒毛立刻豎了起來，整個人緊繃著，睡意一下子全都消失了！

那滿城的傳說，難道是真的嗎？殷士儋豎起耳朵，仔細聽著……

糟了！腳步聲竟然沿著樓梯，一階一階的傳上來了。

雖然，殷士儋有些緊張；但是，他畢竟是個有膽識的人。於是，他假裝睡著了，卻瞇著眼睛偷看著……

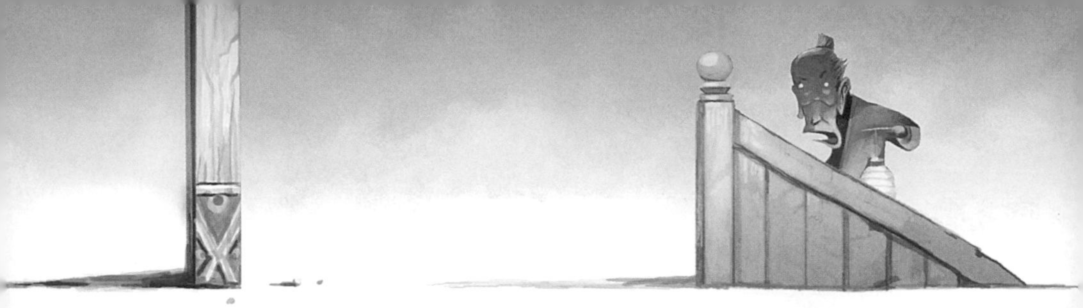

上樓來的，會是誰呢？接著，又會發生什麼事呢？

一會兒，一個僕人提著一盞蓮燈，走上了賞月臺。

他突然看到賞月臺上，竟然躺了一個人，嚇得向後退了好幾步，並且大聲告訴後面的人說：

「這裡有陌生人！」

那個還在樓梯上的人聽了，問著：

「那是誰呀？」

僕人回答說：

「是一個不認識的人！」

過了一會兒，一個老翁走上了賞月臺。

他慢慢的靠近殷士儋，仔細看了看，說：

「這個人是殷尚書，他已經睡得很熟了。殷尚書為人正直，我們辦我們的事，他應該不會怪我們的。」

老翁話一說完，就和僕人走進了大堂。並且，把門窗全都打開。

不久以後，來到賞月臺的人愈來愈多了。

大堂裡燈火閃耀，好像白天一樣。

這時候，殷士儋翻過身來，並且打了幾個噴嚏。

老翁知道殷士儋醒來了，於是，他走出大堂來到賞月臺，跪下來對殷士儋說：

「今天晚上，小人的小女兒要出嫁，無意中冒犯了貴人，請您千萬不要見怪啊！」

殷士儋趕忙起身，他仔細看了看老翁，一點也不覺得老翁是妖怪變的。於是，殷士儋拉著老翁，說：

「不知道今天晚上您要舉行婚禮，我沒有帶什麼賀禮來，真是慚愧啊！」

老翁聽了，趕忙對殷士儋說：

「能有貴人光臨，就是一件幸運的事。如果您願意入座，就是我最大的光采了。」

殷士儋聽了非常高興，
於是他放下心來，隨著老翁走進大堂。
大堂裡的擺設高雅，空氣中飄散著淡淡的香氣。
一會兒，有個年約四十的婦人過來拜見殷士儋。
老翁對殷士儋說：
「這是我內人。」
殷士儋聽了，恭敬的回了禮。
這時候，有人跑上樓大聲喊著：
「到了！到了！」

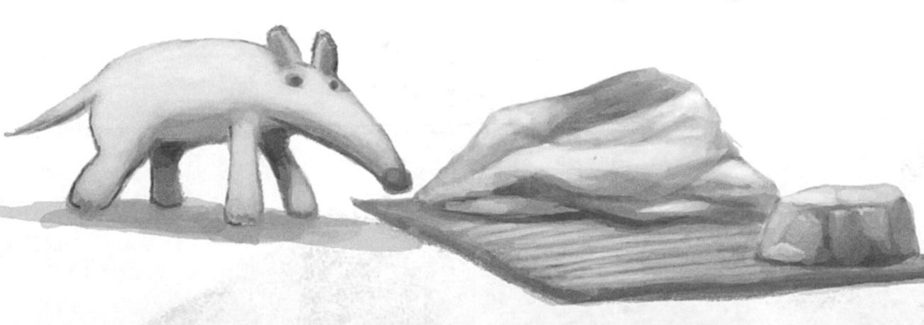

老翁聽了，立刻走向前去迎接，殷士儋就站在旁邊等候著。

過了不久，樂班奏起了音樂。

這時候，家僕提著紅紗燈籠，領著新郎走進大堂。

新郎大約十七、八歲，

長得很清秀，一臉喜氣洋洋的。

新郎向殷士儋行了禮，殷士儋也趕快向新郎回禮。

新郎向老翁行了大禮，然後，大家才坐了下來。

這時候，
大堂裡又來了很多
女客人，大家趕緊找位子
坐下來。
喜宴開始了——
豐盛而美味的菜餚，
一盤接著一盤
上桌了。

美玉碗盤、黃金酒杯，照耀著餐桌，大家都吃得非常高興。

很快的，酒已經過了好幾巡，喜宴也進行了一大半。這時候，老翁吩咐女僕，趕快請新娘出來見客。女僕回答老翁，說：

「是的，老爺。」

女僕進去了好一會兒，卻不見她出來。

於是，老翁起身走到房門口。他拉起了窗帘，催促著新娘趕快出來見客。

過了一會兒，幾個女僕和老婦人，擁著新娘出來了。

新娘配戴著玉環、玉珮、珍珠和金飾，閃閃發亮，非常耀眼。

殷士儋看了看新娘，她身上的珠寶閃耀著光芒，加上容貌出眾、氣質高雅，真是一個絕世美人啊！

她走起路來，叮叮噹噹、叮叮噹噹……輕輕的響著。身上散發的香氣，淡淡的飄散在大堂裡。

大家看了，都鼓起掌來。老翁請新娘向貴客和長輩，一一行過了禮。然後，她就坐在母親身旁。

喜宴漸漸進入了高潮，這時候，老翁對家僕說：

「快去把那家傳的黃金酒杯拿來。」

家僕點點頭，轉身走進另一個房間。過了不久，他拿來了一套黃金酒杯。

這一套酒杯精緻而貴重，一共有八個。說也奇怪，酒杯看起來並不是很大，但是，老翁說它能倒進好幾斗美酒。

殷士儋看著這難得一見的酒杯，他暗暗想著，不如就帶一個回去當證物，將來再想辦法還給老翁。這樣，朋友們就不得不相信了，大家要為我擺上一桌酒席，誰也不能耍賴。

於是，殷士儋趁大家不注意的時候，把一個酒杯偷偷的藏在衣袖裡。然後，他趴在桌上，假裝已經喝醉了。

大家看了，都說：「殷相公喝醉了。」

喜宴漸漸進入了尾聲。

這時候，新郎也要告辭了。

於是，樂班又奏起音樂，聲音響遍了大堂，大家都隨著新郎下樓。

一場熱鬧而歡樂的喜宴，就結束了。

客人走了以後，家僕忙著收拾大堂。

老翁也忙著整理那一套貴重的黃金酒杯。

他數著、數著——咦？酒杯怎麼少了一個？老翁以為自己喝多、眼睛有點花了。於是，他又數了數：

「一、二、三、四、五、六、七……一、二、三、四、五、六、七——七！七！七！是七個沒錯！酒杯怎麼會少了一個呢？」

老翁找了很久，還是沒有找到酒杯。

這時候，家僕輕聲對他說：

「黃金酒杯，會不會是那個喝醉的客人拿走了？」

老翁聽了，急著告誡僕人不可以亂說話，他怕被殷士儋聽見了。

其實，老翁早就知道黃金酒杯到哪裡去了；只是，他不想把它說破而已。

過了一會兒，大堂和賞月臺，全都靜悄悄的。殷士儋這才起身，他發現人全都散了，燭火也全都熄滅了。四周黑漆漆的，剛才熱鬧的喜宴，好像根本就沒有發生過。

只有空氣中，還飄著淡淡的酒味和香氣……

殷士儋走出了大堂，來到賞月臺。他抬頭看著天空，星星全都不見了，上弦月也快消失了。

東方的天空，漸漸亮了。於是，殷士儋帶著棉被和蓆子，慢慢的下樓來。他伸手摸了摸袖子——啊！金杯還在哩！

昨天夜裡那場喜宴，多麼奇特呀！他想，有了這一個貴重的黃金酒杯當證物，朋友們還能耍賴嗎？這一桌酒席，是吃定了。

殷士儋沿著昨天夜裡走過的路，穿過了一進又一進的房子，走過了滿是藤蔓和小草的小徑，走過了長滿高高低低雜草的院子，來到了大門口。

這時候，殷士儋看見朋友們都來了。

朋友們看到殷士儋走出了大宅院，有人就戲弄他說：

「你一定是昨天晚上先溜出來，今天一大早才又跑進大宅院裡，假裝在裡面住了一夜吧？」

另一個人也作弄的說：

「昨天夜裡，被妖怪嚇壞了吧？」

殷士儋聽了哈哈大笑，然後從袖子裡拿出了黃金酒杯，大家看了都驚訝得說不出話來。

殷士儋把昨天夜裡的經過，全都告訴了朋友。朋友們看著這精緻又貴重的酒杯，都認為窮書生不可能買得起。於是，大家就相信了殷士儋。

過了幾天，朋友們按照約定，擺了一桌上好的酒席請殷士儋。殷士儋在大宅院裡過了一夜，不但贏了面子，也贏了裡子。

事情過了以後，殷士儋繼續苦讀。但是，他竟然把黃金酒杯該還給老翁的事，全都忘光了。

後來，他終於考中了進士，朝廷派他到肥丘擔任官員。

肥丘有一戶朱姓人

家，是當地很有名望的家族。

為了歡迎殷士儋到來，朱家主人特別在家裡擺了豐盛的筵席來招待他。

朱家主人為了歡迎貴客，叫僕人把黃金酒杯拿出來宴客。但是，僕人去了很久都沒有回來。

這時候，一個年輕的僕人匆匆走來，用手掩著嘴巴附在主人耳朵旁，輕聲的說著話。

朱家主人聽了，表情有些生氣。

過了不久，家僕拿來一套黃金酒杯。朱家主人斟上了美酒，勸殷士儋多喝一些。

殷士儋接過酒杯仔細一看，嚇了一大跳，他幾乎不敢相信自己的眼睛——

這酒杯的形狀和花紋，竟然和從前在大宅院的喜宴上，自己留下來的金杯一模一樣。

這時候，他好像從夢裡驚醒了。

真糟糕，酒杯還沒還給老翁呢！

於是，殷士儋就問了朱家主人關於酒杯的事。

主人回答他說：

「這套酒杯本來有八個，是先人在京城當官時，請了很有名的工匠做的。它是我家的傳家寶，已經傳了好幾代了。最近，殷大人到肥丘來擔任重要官職，想拿出來招待您。沒想到剛才開箱的時候，發現只剩下七個，可能是被誰偷走了。只是，這套酒杯已經密封十年了，怎麼會丟掉一個呢？真是令人想不通啊！」

殷士儋聽了，笑著回答朱家主人說：

「金杯可能是自己飛走了吧？傳家寶哪可以弄丟呀！我恰好有一個酒杯，和您的傳家寶幾乎一樣。不如，就把它送給你，這樣你的傳家寶就完整了。」

雖然，朱家主人聽了很高興；但是，天下真有這麼

巧的事嗎？

宴會結束以後，殷士儋回到了官府，很快的把黃金酒杯找出來。他看著手上的酒杯，心想：

「也許，這是最後一次看這個酒杯了。」

殷士儋看著亮晶晶的酒杯上，好像隱隱約約出現了老翁的樣子……很快的，又消失了。

殷士儋的心頭震了一下，難道是老翁來道別嗎？

他輕輕的轉動酒杯，酒杯亮晶晶的，已經看不到什麼了。難道，是自己眼花了嗎？

於是，殷士儋派人騎著快馬，把酒杯送到了朱家。

朱家主人看到這個酒杯，又驚又喜。可是，這珍藏的傳家寶，怎麼會在殷大人家呢？

於是，朱家主人趕到官府拜見殷士儋，除了親自向他拜謝以外，並且問他說：

「請問大人，怎麼會有這個酒杯呢？」

於是，殷士儋就把得到酒杯的經過，詳細的告訴了朱家主人。他還談起自己進士及第以後，曾經聽人說，狐狸能夠探取千里以外的東西。但是，牠們使用了以後，卻不敢留下，會立刻把它還給主人。

殷士儋說完了話，暗暗想著——

難道，狐狸能千里取物的傳說，是真的嗎？難道，自己在大宅院裡遇到的，是狐狸嫁女兒嗎？那一天夜裡，自己參加的，是狐狸的喜宴嗎？那一天夜裡，喜宴上的人，都是狐狸變成的嗎？

朱家主人聽了，大喊：

「啊！這件事真是太離奇了！要不是殷大人進士及第，又是朝廷派來的官員，不然的話，這麼奇特的經歷，有誰會相信呢？」

從前，殷士儋想把黃金酒杯還給老翁。

現在，終於把它還給真正的主人了。

朱家的傳家寶，終於完整的保存在朱家了。

這，真是一個很不錯的結局。

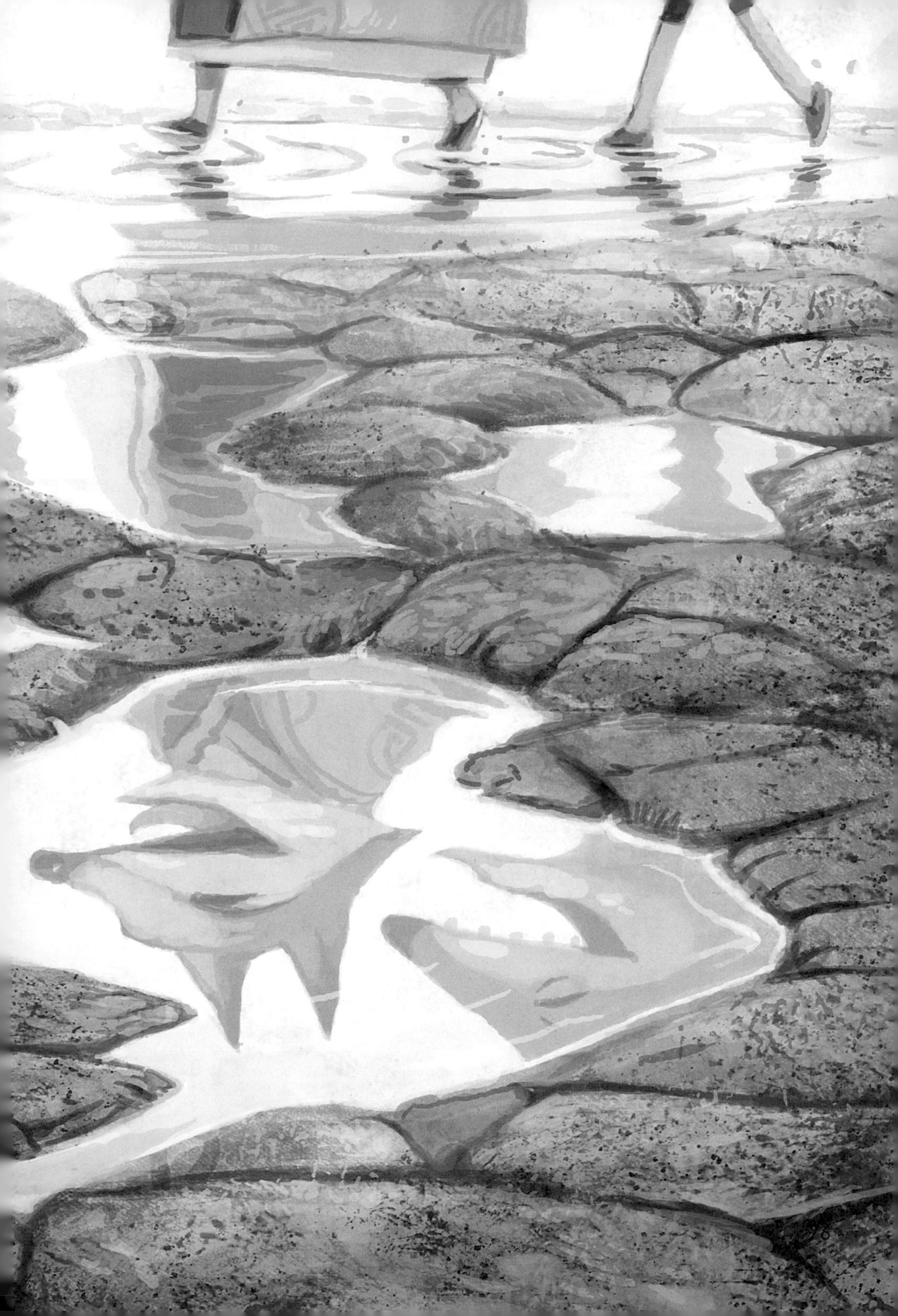

有時候，殷士儋會想起——
歷城城裡的那一些老朋友，
歷城城裡的那一座大宅院，
還有，
大宅院裡，深夜的喜宴……

知識萬花筒

狐狸千里取物，神不知鬼不覺，就像哈利波特披著隱形斗篷，輕鬆就拿到想要的東西。看完了《狐狸金杯》的故事，你是不是也對狐狸產生許多的好奇呢？其實關於狐狸的傳說，除了中國之外，亞洲其他地方也有不少喔，甚至還有人把狐狸當做神來祭拜呢！我們來看看關於狐狸的傳說和故事吧！

·狐狸精

也叫「狐仙」或「妖狐」。在中國的傳說裡，狐狸精是狐狸經過修練、高人指點或者吸收日月精華而化為人形的妖精。在香港和江浙地區的民間信仰裡，狐仙是一種重要的神祇，傳說狐仙喜歡吃雞蛋，所以人們會用雞蛋來供奉祂。

·九尾狐

在中國、日本和朝鮮半島都有關於九尾狐的傳說。傳說狐狸精的尾巴是儲存靈氣的地方，當狐狸精吸收了足夠的靈氣，尾巴就會一分為二，最後變成九條尾巴。當狐狸精擁有九條尾巴後，就再也不會死亡了，所以九尾狐可說是狐狸的最高境界唷。

·喜歡吃油豆腐皮的狐狸

在日本，狐狸神被當作一種農耕神，又叫做「稻荷神」，稻荷是豐收的意思，農民祈求祂賜予五穀豐收。傳說狐狸喜歡吃油豆腐皮，日本料理中有一種酸酸甜甜的豆皮壽司又叫做「稻荷壽司」，人們認為吃了稻荷壽司，就會為自己帶來好運。

・狐狸與酸葡萄

伊索寓言裡有這麼一則故事：一隻饑餓的狐狸四處尋找食物，他看到果園裡美味的葡萄時口水直流，可是葡萄太高了牠搆不到，最後只好放棄，離開時嘴裡嘀咕著：「反正葡萄一定是酸的，吃不到也沒關係」。這則故事是說一個人因為得不到想要的東西，於是便否定它的價值。下次如果你聽到有人說：「你這是酸葡萄心理」，就是這個意思唷。

《狐狸金杯》的身世

《狐狸金杯》選自清朝蒲松齡《聊齋誌異》中的〈狐嫁女〉。《聊齋誌異》是古典文學名著，從清康熙年間風行到現在，影響深遠。

蒲松齡（1640—1715），字留仙，號柳泉，山東淄川人。他一心想考取功名卻都不能如願，只好當幕僚和教書來維生。而《聊齋誌異》，使他名留青史。

國家圖書館出版品預行編目資料

狐狸金杯／謝武彰 文；蔡其典 圖；--
第二版. -- 臺北市：親子天下, 2018.01
80面；14.8×21公分. --（閱讀123）
ISBN 978-986-95630-4-8（平裝）
859.6　　106020194

閱讀 123 系列 —— 033

狐狸金杯

作者｜謝武彰
繪者｜蔡其典
責任編輯｜黃雅妮
美術設計｜高玉菁
行銷企劃｜王予農、林思妤

天下雜誌群創辦人｜殷允芃
董事長兼執行長｜何琦瑜
兒童產品事業群
副總經理｜林彥傑
總監｜黃雅妮
版權專員｜何晨瑋、黃微真

出版者｜親子天下股份有限公司
地址｜台北市 104 建國北路一段 96 號 4 樓
電話｜（02）2509-2800　傳真｜（02）2509-2462
網址｜ www.parenting.com.tw
讀者服務專線｜（02）2662-0332　週一～週五：09:00~17:30
讀者服務傳真｜（02）2662-6048
客服信箱｜ bill@cw.com.tw
法律顧問｜台英國際商務法律事務所 · 羅明通律師
製版印刷｜中原造像股份有限公司
總經銷｜大和圖書有限公司 電話：（02）8990-2588

出版日期｜ 2012 年 1 月第一版第一次印行
2021 年 8 月第二版第十四次印行
定價｜ 260 元
書號｜ BKKCD100P
ISBN ｜ 978-986-95630-4-8（平裝）

訂購服務
親子天下 Shopping ｜ shopping.parenting.com.tw
海外 · 大量訂購｜ parenting@cw.com.tw
書香花園｜台北市建國北路二段 6 巷 11 號　電話（02）2506-1635
劃撥帳號｜ 50331356 親子天下股份有限公司

立即購買 >

閱讀123